그립다는 말보다

그립다는 말보다

이정화 시집

도서출판 한결

보이지 않는 마음을 들춰내서
혼잣말을 했습니다
이제
바람결에도 말려지지 않던
젖은 詩를
잔 볕에 모아 놓고
고백을 합니다

혼자 아픈 나를 위해

2022 가을 이정화

차례

제1부 가면의 독백

제2부 장발장의 봄

제3부 그립다는 말보다

제4부 암호가 잠겼다

제 1부

가면의 독백

백목련[1]

멈칫,
다가가지 못해
봄을 놓고 갑니다

달빛이 몸을 감아
나부끼던 어느 날
꽃말은 녹이 슬어 하염없이 쌓이고

모서리에 남은 침묵
바람을 원망하지 않습니다.

---

1) 백목련의 꽃말은 '이루지 못할 사랑' 이다

거미[1]

허공에 매달린 생을
비단 줄로 펼쳐 놓고

폐허가 된 몸뚱이
갉아먹던 곡소리

꽃은 피어 좋은 날
바람이 휑하다

---

1) 거미의 옛말

반하다

긴 목을 곧게 빼고
가냘픈 다리로 조심조심
누구를 찾을까
강기슭에 홀로 있는 하얀 새
단연 눈에 뜨일 수밖에

세상사 얼마나 시달렸기에
숨죽인 발소리에도
깜짝 놀라 거리를 두는 걸까
너에게 다가갈 수 없으니
첫눈에 반할 수밖에

가을바람

마른 담쟁이가
매달린 체온을 꺼내
한.잎.씩
가을을 옮기는 중이다

이제, 곧
헝클어진 마음처럼 눈발 흩날리면
다 낡은 옷자락 비집고
창틀에 낀 햇볕 붙잡아
붉은 혓바닥을 꺼내 말릴 것이다

마른 담쟁이가
소슬바람 곁에서 앓는 소리 내며
한.잎.씩
가을을 옮기고 있다

불면증

천장이 코앞까지 내려앉으면
불량 수면제 복용설명서를 읽어 본다

차고 단단한 바닥을 한 쪽 뺨으로 누르고
해가 드는 쪽으로 몸뚱이를 돌린다

독성에 마비된 형광등을 노려보다가
밤이 하얀 이유를 찾아냈다

천둥소리가 난다
번개를 동반한 장대비가 쏟아진다

새깃유홍초

— 별꽃

보름달을 훔쳐보다 들켜
수감 중이던 봄이 풀려났다

약속하지 않았던 만남에
어색한 바람만 불어

외줄 타고 오르는 긴 팔을 뒤로 감아
해를 따라 수줍게 돌고 돌다가

혈관 하나 터질 때마다
귀 하나 열고

넝쿨이 흔들릴 때마다
별꽃자리 움터

깃털로 내민 잎새 울타리에 붉은 소문이 퍼진다

백구

금이 간 담벼락
틈 사이 햇살에 널브러져
졸고 있는 한세월

해진 발바닥으로 그림자를 누르고
허름한 목줄 덕에 온전했을 삼복더위
남의 굿 보듯 인기척도 외면한다

구석으로 내몰린 문 하나 없는 단칸방
깡마른 상팔자가 득도한 사치품일까
백구의 긴 졸음은 심드렁하다

며루치[1]

대가리 떼어내고 배를 가르니
까만 똥이 변명을 한다
바다 냄새가 그립다고
몸뚱이에 빨간 립스틱을 바르고
허리를 틀어
바다를 유혹하는 사이
떼 지어 울어대는
은빛 입술이
그물에 갇혀 태양을 핥고 있다

---

1) 며루치 : 멸치의 전라도 사투리

매미

해 그늘도 소용없는 구름도 지친 땡볕

낮달이 미리 나와
등목하는 여름 밤
어둠 속 묻어 둔 불씨
풀무질에 잠 못 들고

하루만 더 기다려
칠 년을 품어야
살 수 있는 마른 애간장
슬픈 청혼은 목이 쉬어

기억하지 못하는 극락에 잠든다

늦여름 밤의 꿈

골진 산 주름
부채질하는 초록 숲에

먹먹한 통곡소리
울어대는 소나기

헐떡거리며 다가와
긴 하루 지나면

젖은 볕에 눅눅해진
인견이불 펴놓고

기다리다 지쳐버린
성질 급한 풀벌레

눈치 없이 불러대는
늦여름 밤 세레나데

동물의 왕국

사자에겐 천적이 없다
누런 이빨과 이빨 사이
끼어 있는 고기조각이 피바람을 부른다

하이에나들은 못 먹는 먹이가 없다
덤불 속 배고픈 한 마리 어린 짐승
사자 새끼는 단지 한 마리 먹이일 뿐

거친 숨에 왕관이 흔들리는 찰나,
새끼는 흔적도 없고
새끼의 먹이는 태양을 가린 바람

밀림 속 허기를 채운 짐승들이
기괴한 울음소리로 어슬렁거려도
사라진 새끼는 더 이상 두려워하지 않는다

새벽에

새벽바람이
청회색 운무를 빗질해
첫길을 내어주니

굴곡진 마음 모난 몸
섬돌에 벗어놓고
목탁 깨워 눈 감고 귀를 맞췄다

귀가 버겁다
눈이 무겁다
입은 어쩌누

두 손 모아 엎드리고
또 엎드려
숨 고르는 묵언

촛농에 굳은 눈물

돈을볕에 깨어나는,

풍.경.소.리

백로白露가 날다

휘다 못해 부러지는 나뭇가지

태풍에 숨죽인 야산 둔덕
쇳소리로 흔들어

단, 한 걸음으로
다 익은 가을을 내팽개치니

재채기 한 번에 어그러진 뼈마디
멍하니 주저앉아 추스르다

떨어져 버린 한숨
옷깃에 담아 여밀 수밖에

이 절기節氣에는,

길상사 빈 의자

그리움 머문 자리

연꽃 없는 연못가
쌓인 낙엽도
욕심이라던 노스님

햇살 스쳐간 나뭇결 틈
색 바랜 바람이
떫은 감을 베어 문 듯
벙어리 되어 앉으면

합장한 내 손이
차마 부끄러워
감히
당신을 쳐다보지도 못합니다

귀소歸巢

오래된 꿈은 얼마나 지난 것일까
빈 바람 되어 초록색 대문을
철거덕,
붉은 녹물이 사자 코뚜레를 붙잡고
검푸른 이끼 담장 넘어
하얀 개망초[1]만 철마다 피고 진다
차곡차곡 접은 세월
손때 묻은 명당자리도 서서히 늙어가고
우리, 살아서 좋은 곳에서 살자
죽어서 가지 말고

---

1) 개망초 꽃말 ; 가까이 있는 사람은 행복하게 해주고
    멀리 있는 사람은 가까이 다가오게 해줌

불자佛子가 교회 가다

늙은 학자 서고에 쌓인 묵은 책처럼
버릴 이유 없지만
있어야 할 이유도 없는 무게

눈 오는 크리스마스 새벽이다

손바닥에 박힌 사계절은
단지, 소유한 것이 아니었다

교회에 가야겠다
부처와 함께
기도를 모은 합장에 무無가 꽉 찬 이유이다

현수막

엎드려 흐느끼는 남자
깊이 들여다보던 울음이
흔들리는 물살과
흔들리지 않는 틈에서 점점 탁해진다

할퀴고 지나가면 그만일까
서둘러 떠난 시선에 잠든 상처투성이
강물을 쥐고 있는 뿌리에
수척한 발목이 잡혀

강둑에 내걸려진 현수막 하나
팽팽한 바람에 한 쪽 줄이 끊긴 채
실종된 아이가 펄럭거린다
남자의 전부였던 세상이 무너져버렸다

뒷담화

보도블록 아래에 흙이 있었던가
흙 사이로 흔들리는 작은 어깨를 보았다

아기 손톱 같은 틈새로
꽃보다 여린 이파리들
이번 생은 내가 먼저 왔다고
봄바람에 눈 흘기며
해맑간 볕을 등에 업고 나왔다가

"아직도 겨울인가 봐"

비쭉, 내민 입술
바람이 살며시 입맞춰 주었네

바다

창을 열고 바다를 그려봐

손끝에 걸린 하늘이 짜디 짠 수평선을 만들고
뒤집으면 모래가 나올 것 같은
새파란 궁궐을 허물고
너에게 보이지 않는
나에게만 보이는 가슴에서 꺼내 놓은 배 한 척

물새가 물고 가는 달 밝은 밤
못다 쓴 일기로 보내버린 시간
바다가 말라 새하얀 사막되면
선인장으로 그려 질 심장
폐선이 되어 부서진다

넓은 창에 아직 남아 있는 바다

밥그릇

출렁다리에서 번지점프를 했다
파쇄기에 찢긴 욱신거리는 하루

손가락 사이로 헹궈 낸
저녁 한끼, 내 살이 되었다

허리가 끊어진 줄도 모르고
허기진 속물이 밥그릇을 비우면

비늘 벗겨진 물고기 한 마리
고된 심장이 묵언 수행 중이다

어둠은
달맞이꽃 같은 별을 수북이 담아 밥상 위에 놓았다

가면의 독백

날이 저물면 가면을 벗고
거울 앞에 앉아
혀에 박힌 가시 하나를 뽑는다

가시 끝 배어 있는 시큼한 하루에 눈을 맞추면
"오늘도 수고했어"
내 목소리를 흉내내며 그녀가 말한다

생채기는 아물지 않고
뽑아낸 혓바닥 그 자리에 또, 다시
돋는 가시

무심히 재생된 가면 집어 들고
어제처럼 집을 나서면

거울 속 그녀는

하루 종일

나를 기다리고 있을 터이다

제 2부

장발장의 봄

달 방

봄비 오는 밤
가난한 시인을 만났다
구겨진 마음이 젖지 않았다며
막걸리 집으로 들어간다
빗소리를 안주 삼아 마시다 보면
취중에 모든 말이 시詩가 된다

그리하여 달 없는 밤
술잔에 달이 빠졌다며
첨벙 첨벙 헤집고 찾아 다니더니
기울어지는 문짝 하나 붙잡고
외주물집¹⁾ 문지방에 걸려 넘어진다
어둠과 겨루고 있는 달방에
구릿빛 달이 하나 굴러 들어온다

---

1) 마당 없이 길가에 바짝 붙여 지어, 길 밖에서도 안이 훤히
들여다보이는 작고 허술한 집

선인장에 꽃이 필까?

50년 전 어느 봄날, 작은 울음에
솔잎 엮어 탯줄을 묶으니
아버지는 비단 천 꺼내
항아리를 매만지고
정화수井華水 마를 때까지
빌고 또 빌던 어머니의 부은 손
명줄 이은 묽은 죽에
죽은 듯 살아난 계집아이
잡초처럼 눕고 일어나길 몇 번
태양 씨줄과 달빛 날줄로
선인장 가시 여물 때마다
똬리 튼 자리 맨발로 걸어 나왔다

모래바람 부는 봄
선인장에 꽃이 필까?

가족사진

벽에 걸려 있는 정지된 시간
그 안에서 탈출한 발목 하나
뚝, 부러졌다

대못 빠진 자리에
퀭한 외눈박이
몸살 앓던 구멍에 달이 깊게 빠졌다

다시 그 자리
못질하고 실종 신고를 했다
주저앉은 채 벽이 되어버린 그림자

꽃양산

여름 하늘
꽃 피고 나비가 날았다
동그란 그늘이
꽃밭인 줄 알았던 작은 아이

상여 꽃 피어
그늘이 접히던 날
소나기 울컥
날개 위로 쏟아졌다

산 중턱에 묻어 버린
머물다 간 햇살
만지작 만지작
고이 접은 하늘 그림자

손톱에 물든 새빨간 꽃물이
팔월 피멍으로 피면

흑백사진 앞

키 작은 아이가 서성거리고 있다

가을 건조증

퍼석퍼석 가려울수록
통풍은 살갗을 뚫어
숨쉴 때마다 가시처럼 따갑고

지문없는 거친 손
등허리 갈아엎어
파종한 틀니는 바늘처럼 아프다

마른기침에 들썩거리는 저승꽃
노모의 늦가을은 붉기만 하다

묵비권

요양원 창밖을 응시하던
엄마 눈동자에서
낡은 기억이 절뚝거리며 걸어 나온다

"…"
"뉘신지?"
"…"

말풍선에 숨어 다가가던 말들이 쪼그라든다
새털처럼 가벼워진 시간

그 시간에 멈춘
기억하고 싶지 않은 엄마의 봄은

잠시 묵비권 행사 중이다

오아烏鴉

대관령 고개 넘어 시집올 때
따라온 눈물이
댓잎에 떨어져 검게 물들고
골무 끼듯 질끈 동여 맨
열 손가락 끝
갈라진 허기가 숨겨지기나 할까

노점에서 먹던 찬밥 한 덩이
골 깊은 주름살로 내 살 채우고
눈물로 채운 뱃구레에 당신 살 내리니
움켜쥔 뿌리는 산이 되었습니다

이제 가슴 한 켠
박힌 대못도 녹슬어
꿈만 쪼아대는 까마귀
온 산을 흔들고 있습니다

먼 길

항상 꽃길만 걸으라 하였더니
국화꽃 향기 가득한 길을 따라
넋 놓고 가는 늦은 밤

마른 향 자욱한 바람이
혼자 걷는 당신을
만나러 왔습니다

돌려놓은 신발에
떨어지는 눈물 담느라
문밖에 날 새는 줄도 몰랐습니다

옷이 크다

흰 저고리 소매 깃을 돌돌 접고
하얀 치마를 둘둘 말아 입혀 놓으니
좋단다, 나비 같은 옷 한 벌
치마폭을 펼쳐 휘젓고 다닌다

앞서는 하얀 종이꽃 한 걸음씩
곡哭소리에 맞춰 뒷걸음치면

남편 그늘에서 죽으니
이리 호사롭게 간다며
이웃집 과부 할매 꺼이꺼이 쉰 목청
떨어진 종이꽃에 분 냄새가 진동한다

흙을 뿌리는 순간
숲이 닫혔다
짧은 극락이었다

그러니 옷이 클 수밖에

벌초

올라가는 외길에는
아카시아 향기가 나지 않습니다

멀어서 편치 않은 자리
부르고 또 불러보는 이름

키 큰 잡풀들이 쓰러지니
더 크게 울어대는 산새

산자락을 움켜 쥔
내 고향 한 채를 다독이고 있습니다

내려오는 산길에
마른 풀냄새가 내내 따라 웁니다

신흥동

축대를 엮던 검푸른 댓줄
봄이면 그 틈을 비집고 나오는 노란 풀꽃이 있고

뿌연 구름 속을 내달리던 저녁
소독약 냄새에 몰려들던 어린것들 함성이 있었다

주파수 걸린 트롯가락을 고무줄로 당기고
얇은 가을햇살에는 쌉싸름한 은단향이 배어 있다

연탄재가 레드카펫처럼 깔리는 골목길
전봇대를 기어 내려오던 무명無名의 지린내

가파른 계단을 세며 오르다 또 놓친 숫자
말랭이 마을[1]의 집들은 항상 바람에 흔들린다

속이 다 보이도록 뒤틀린 대문 틈 사이
길냥이 파란 눈이 날카롭게 달을 노려보고 있다

---

1) 군산시 신흥동 달동네는 일명 '말랭이 마을'로 불리었는데,
   지금은 도시재생사업을 통해 일부분 새롭게 조성되었다.

퇴고推敲

밟으면 꿈틀한다는 지렁이가 보이지 않는다

몸뚱이에 바늘 꿰어
몸부림치는 자맥질
힘 빼서 들어 올린 손맛에
씨알 좋은 월척이 걸렸다

버둥대며 읊조리는
입속에 걸린 말들을
내뱉지도 못한 채
정지된 구름은 흙냄새가 비릿하다

밟히지 않은 지렁이는 뭍으로 기어간다

찰나의 순간

산봉우리에 떠있는 물고기
수초에 걸린
노을을 밟고 서 있다

해 질 녘
바람을 머리에 이고
고해성사를 하는 하루살이 떼
이곳이 어디인지도 모르고
찰나의 순간에 걸려 허둥대다가
한 계절도 못 버티고
풀잎 위로 쏟아진다
물 밑으로 가라앉은 산봉우리 위로
지금 막 추락한 하루살이 심장 하나
물새가 물고 온 어둠이
일렁이는 해와 달의 거리를 좁히고 있다

약장수

아비 묻고 출세한 둔갑술은
혀 날름거리는 사람으로 태어난 탓이라
단상에 서서 쳐든 깃발
누구를 위한 기도문일까
풍악을 울리며 세상 모든 병을 고친다는,

이 약으로 말씀드릴 것 같으면······

단숨에 찍어버린 개꿈 같은 약발
효험은 나타날 기미조차 없고
만병萬病이 통치統治하는 세상에서
병에 걸린 사람들은
약장수가 준 부적을 쓰레기통에서 찾는다

봄을 잠시 멈추다

꽃 피듯 역병이 퍼져
오다가 만 봄을 마스크로 봉인하고
사람들은 눈을 마주 보지 않는다

봄 닮은 겉옷을 벽에 걸어놓고
빈 도시는 말이 없다

일상을 도둑맞은 성직자의 독방에는
십자가가 거꾸로 매달려 있다

영혼의 총력으로 체온을 달군 박쥐가
사막을 지나가는 동안
외계인들이 몰려와 입을 매장한다

운명처럼 꽃봉오리는 부풀고
그 뒤에 엉거주춤 서 있는 봄

낯선 손님 따라가던 봄이 잠시 멈춰 서 있다

보이는 것이 전부가 아니다

그날 밤,
나는 열병을 앓고 있는 장미와 나란히 누웠다
유리덮개에는 웃음소리가 없다
둘러 맨 망토에 떨어지는 별똥을 주워 담으며
보아뱀과 작별인사를 한다
존재자에 길들여진 낙타만 아는 길이 사막에 있다
끊임없이 물어보는 생각과 생각의 간격
그 물음에 관계는 내던져진 불안이다
어린 화가는 시간을 그려본다
해 지는 모습이 저항 없이 내려온다
노을이 너무 황홀해
바람의 곁눈질로 바라보는 밀밭
상자 안에 소행성 하나가 여전히 돌고 있다

덫

첫눈에 이끌려
아찔한 계단을 오른다
말없이 다가온 입맞춤
온몸은 마비되어 어찌할 바를 모르겠다
속은 썩어가고 비워져
껍데기만 남아도 빠져나갈 수 없다
저 표정 없는 얼굴
초점 없는 시선은 나를 바라보는 것이 아니었나
어느새 또 다른 먹잇감을 노리고 있다
은빛 커튼이 좀비처럼 흔들리는 침실
몸부림칠수록 점점 더 조여드는
벗어날 수 없는
거미의
|
덫

파리목숨

벌건, 대낮
가위눌린 팔다리가
거센 폭포 속으로 가라앉는다

죽어서 참 다행이다

젖은 몸이 돌덩이보다 무겁다
겨우 눈을 떠 베란다 방충망을 열었다
바람이 소스라치게 차다
눈앞에 보이는 것은 빨간 십자가
선명하게 보이는 저 구원자 앞에
매달린 거미줄
흔들리는 생명체 하나가 목숨을 구걸한다
페도라를 쓴 마술사가 손가락을 튕기자
거미줄이 15층 아래로 떨어진다
벼랑 끝에 매달린 꿈이 깨어나는 순간

죽어야 살 수 있다고

카르마Karma

실체가 없는 무無를 통해
존재의 선악이 쌓이면
이미 행한 모든 것에서 물음표를 떼어 낸다

스치듯 한번 보았을 뿐인데
기억 안에 들어와 업業을 묻어 놓는다
이미 말한 공空은 흰 천으로 덮어 두고

서로 다른 소리
서로 다른 마음 내어
떠돌다 되돌아오는 한 생生의 무게가
먼지 마냥 가벼운 것은
이미 전생의 알몸을 보았기 때문이다

장발장의 봄

창가에 앉아 평면을 응시한다
햇살이 실눈을 따라 다닌다
집사가 내 이름을 부른다

자유를 속박당한 유혹에 모른 척,
눈을 마주쳐 본다

등짝에 달라붙은 그림자를 업고
한밤에 길을 나섰다
한 사람만 알던 내 이름이 바뀌는 순간

두 개의 보름달이 움직이기 시작했다
침묵을 깨운 경계의 바람은 자유롭다

낯선 창가에서 봄을 기다리는
내 이름은 길냥이

집사의 안부가 궁금하지 않은 이유다

제 3부

그립다는 말보다

선인장

허허벌판
사막 바람에도
견딜 수 있는 것은

가시
가시마다
눈물로 채워진

뜨거운 뿌리 속
움켜 쥔 모래가 있기 때문이다

거짓말

바람을 놔 주고서야

못 떠나는 이유를 알았네

문 앞에 약속 하나 걸어두고

이따금씩 혼자 울어야 하는

내 몫의 밤을 견디듯

당신으로 내 눈을 가렸네

아직 당신이 보이는 까닭은

내게 남은 시간이 있기 때문이라네

S.O.S

잘못 들어선 줄 알았을 때는
이미
멀리 와 버렸기에
그만 제 자리에 멈추고 말았습니다
울퉁불퉁 걸어왔던 길
뒷걸음치던 마음에
이젠 괜찮다는 말조차도
힘겨워 보입니다
돌아갈 수 없는 길
더 갈 수 없는 이곳에서, 나는
당신을 혼자 듣습니다
그것은 간절한 그리움이었습니다

... ─ ─ ─ ...
... ─ ─ ─ ...

애인

등뼈에 기댄
앙상한 기억
듬성듬성 뼈 서너 개가 비어 있다

그 사이사이
여백에 갇힌 바람이
가벼워진 나를 안아준다

아픔이 있어야 살 수 있는
내 손을 잡고 있는 상처
살면 살수록 날숨만 선명해지고

살아도 살아도 익숙지 않은
뚫고 나온 감정들이 흉터로 가득해
이제 그만 숨겨 놓은 애인을 꺼내 놓고 싶다

나의 케렌시아!

한철 장미

넝쿨 사이로 칭얼거리는
붉은 맹독이 퍼진 오월 한낮,
겹겹이 숨어 있던 그리움이 송두리째 흩뿌려졌다
왈칵, 떨어진 핏자국이 예사롭지 않다
꽃 진 자리 슬쩍 끌어당겨
울타리 밖 기웃거리는 그대를 만나고 싶다
푸른 가시에 찔린 백일몽白日夢

강이 되는 이유

흔들리는 그 자리에서

흐르는 대로 소리를 토해낸다

물은 울어야 강이 되나 보다

긴 고백을 훔쳐보는 것 같아서

곁눈질로 모른 척

반대 방향으로 걸었다

날 선 그리움을 탓하려니

강이 점점 길어진다

그 길어진 강 끝 어디쯤인가

숨 가쁜 슬픔이 등을 보였다

노을

그것은

산 위 붉은 눈

바라보는 순간 들켰네

오래 머물지 않더라도

좀 더 기다려 볼 요량이다

나는 강 위에 붉은 섬이 되었다

하루만치 사랑

눈물샘

너무 애처로워
살짝만 만지려 했는데 하필
건드린 곳이 눈물샘이었나 보다
너는
오늘도 우는구나
너무 섧게 우는구나
고이다 고이다 차고 넘쳐
한 번씩 밖으로 터져 나오는 기억들

애지욕기생愛之欲其生[1]
나를 살게 하는 이유입니다

---

1) 논어(12권 10장)에 나오는 '누군가를 사랑하는 것은
   그 사람을 살게 하는 것이다' 라는 말

사랑은 끝났다

잊은 줄 알았던 이름이
별빛 속으로 지나간다
내 안에 숨어 있는
고립된 생각들이 뒤따라가며
모두 흩어진다
아픈 시간을 매달고 있는 핑계 하나
그 기억을 지켜내고 있다
상실의 통증이 너무 캄캄해
되새김질하는 별자리
기다린다고 돌아올까

그.리.워.하.다.꽃.이.된.다

문신

해거름 발그레
민낯이 부끄러워
강물에 몰래 감추면
붉은 바람 다가와
한 글자 한 글자 새겨 그려도
시치미 뚝, 모른 척 외면하고
밤새 뒤척거리며 품었다
돌려보내는 그 순간
죽어도
지워지지 않을
기억 속 이름

초승달

잘 말린 햇볕
구름에 걸려 넘어져
멈춰 버린 바람도
새까맣게 물들고

손톱으로 움푹 패인
시린 속살
나뭇가지를 비집고
숨어 안기는 얼굴

이별 후

주머니에 모아 둔
봉숭아 손끝
만지작 거리다가
살그머니 쥐어본다
행여나 터질까 꺼내면 부서질까

당신이 떠난 시간
가지 마라 가지 마라
보고 싶다
보고 싶다
너무나 늦은 하루해가 저문다

깊은 밤
몰래 꺼내 다시 보는
아스라한 그리움
숨죽여 우는 눈물이 짜다

붉은 손톱

첫눈 오는 날

꽃물이 손톱 깎기에 잘려 나갔다

세상에서 가장 먼 곳으로 떨어진다

손가락 끝에 입 다문

초승달

꽃 피는 날만 기다려

손톱은 또 자라고

해마다 첫눈에 묻힐 꽃잎만 자른다

무궁화꽃이 피었습니다

눈을 감아야 피는 꽃

누굴까?
술래 등 뒤로 다가오는 발소리
너는 아니라는데
너는 정말 아니라고 손사래 치는데

눈을 뜨면 사라지는 꽃

왜 술래 눈동자가 너를 향해 있을까?
사방으로 퍼지는 무궁화는
술래의 목소리에
피었다 졌다
졌다 피었다

낙엽의 질문

단풍이 든 가을을 바람에게 내어 주고
혼자 있는 겨울이 내 곁에 앉았다
바짝 마른 입술로
얽히고설킨 말들이 쌓여
한구석에 몰려 있다
잠깐 바닥에 머문 온기도
부질없다 한 마디에
이제는 행복하냐고 물었다
잔뜩 울음 먹은 하늘이 호흡을 고르고 있다
소설小雪 추위는 아직 멀었나
무엇 하나 그립지 않다는 지독한 기억에
첫눈이 오시려나 보다

눈 오는 소양강

지금 춘천은 눈이 내린다

핸드폰을 귀에 대고
"여기 눈이 와"
날씨를 알려 준다

침묵이 눈꽃으로 피는 순간
숨 고르기를 하는 살얼음
손에 닿지 않는 겨울이 푹하다

핸드폰을 입에 대고
"눈이 많이 와"
혼잣말을 한다

지금 소양강에는
그날 밤처럼 눈이 푹푹 내린다
그리움이 푹푹 쌓인다

꽃은 피고, 봄

꽃대 하나 밀어 올리는
따뜻한 바람이
봄이 되었을까?

꽃봉오리 머금은
가냘픈 햇살이
꽃이 되었을까?

기다림이 없어도
기다리지 않아도

꽃 필 자리에는
꽃물 들고 꽃은 피고
봄,

흔적

충전된 이름들이 사라져
뜬눈으로 속이 타는 밤
불공정한 게임은 시작되고
회수하지 못한 목소리
비상구를 찾지 못했다
방전된 불빛 탈출하듯
침묵 중인
내 손 안의 또 다른 나
무음에서 소리를 꺼내 놓는다

너에게 가는 길

불러도 오지 않는
저 멀리 있는 이름이
키 작은 집배원을 따라
붉은 벽돌집으로 들어간다

차가 밀리는 사거리
벌써 벚꽃이 진다
텅 빈 우체통 앞
고장 난 신호등이
켜졌다 꺼졌다 켜졌다

뒤따라가는 이 길 어디쯤
혼자 걷는 너를 위해
같은 걸음으로 나는 간다

빈 우체통을 지나 여전히,
꺼졌다.

켜졌다.

꺼졌다.

그립다는 말보다 더 그리운

기다림으로
그리움이 흩어지지 않는다

고스란히 쌓인 속마음이 아려서
각진 달이 먼 바다에 빠졌다

멀어진 그늘이 하도 무거워
서로를 부르지 못하는 깊은 밤

그 사이 사이 일렁이는 시간들
지나가는 것들은 아니었나 보다

여백의 거리를 재느라
만나러 가는 길이 사라진 줄도 모르고

행간을 좁히며 틈새에 끼워 둔 말

'그립다'를 써놓고 가만히 본다

그립다는 말보다 더 그리운,

제 4부

암호가 잠겼다

일요일

봄날, 독방에 갇혀 있던 그녀를
강가에서 보았다
강물에 흔들리는 얇은 햇살 밟고
마음을 꺼내
닦고 집어넣기를 반복하는 그녀
물에 비친 살점
휘감아서 혀를 자르고
상처 난 입이 산책 중이다

새순은 말문이 트였나
천천히 말하기 시작한다
그녀가 잃어버린 단어들
기다리지 않는 꽃도 봄이라 피는데
내 꽃은 보이지 않는다
그녀는 다시 독방으로 들어간다
일요일
어느 봄날의 일이었다

우기雨期

창문을 열고 뛰어 들어오는 빗소리
낯설지 않아 마음 내주니
몸집 커진 소문이 방황 중이다
소리를 가둔
감옥 속 낯선 표정이 웅성거린다
꿈속까지 따라온 빈 껍질들
섬을 헤집어 버거운 기억 쏟아내고
웅크리고 있던 나를 안고 잠꼬대한다
어금니를 꽉 깨물어본다
목 쉰 시간들은
먼 곳에 있어 차마 건드리지 못했다

시간

눈물을 감추려
고개 드니 하늘이고
숙이니 땅이라
더도 덜도 말고
한-뼘-만-큼-만 슬프고

사랑에 힘든 것도
삶에 아픈 것도
내색하지 마라
보고 듣지 않아도
지-나-가-고-있-는-것-은 시간일 뿐

일용할 양식

아침 댓바람
구겨진 동전으로 바꾼 초록색 병은
어색한 낯가림조차 없다

죽은 자도 살리는 이 마법은
하루를 버티는 일용할 양식이다

손에 움켜쥔 갈증이 술술 잘도 넘어간다

숨구멍 하나 뚫린 것이 다행일까
취해야 보이는 세상은 기분이 좋다

주절주절 보이지 않는 마음
빈 병에 새겨진 지문처럼
빙글빙글 수많은 상처가 깊다

호수, 그 눈물

얼굴을 비벼대며 어르던 눈물
뼈마디에 고여 발끝까지 시리다
빛에 가려진 씨앗 한 톨
움틀거릴 때마다
호수에 빠진 억장이 닳고 닳아
검붉은 바위는 아프다

물에 잠긴 그림자를 흔들어
손을 뻗어 보아도
아무것도 잡히지 않고
물결 사이로 빠져 나간다
꿈에라도 보일까 풀어헤친 가슴
비명碑銘만 쓰다듬는 창백한 달이 떠 있다

일상 日常

나의 침묵은 저항이다

그럼에도 불구하고,
모두 들리고 모두 보이고

생각은 두통으로 곪아
수많은 단어들로
옥죄고 일그러져

하루를 애쓰고 견뎌 내면
체증 같은 굳은 살이
늘 같은 걸음으로 다가온다

폐차장 가는 길

늘 달리던 길이었다
앞발을 들고
지워진 블랙박스를 끌고 간다

겁먹은 두 눈 껌뻑거리며
뱃속이 들여다보이는 무게에 매달려
해부실에 주저앉았다

뒤엉킨 속살에
때 묻은 검은 피가 흐르고
이정표가 적힌 파편들이 오늘의 운세를 본다

'탈출한 자유는 재생되지 않는다'

낙인찍고 사라진 경적
얇은 부고장 하나 받아 들고
뚜벅뚜벅 내 발에 시동을 건다

팔월의 초상初喪

산책로를 따라 걷는 바람은
초록으로 고요하다
마른 볕에 달궈진 흙길 한복판
꽃뱀이 되지 못한 지렁이
옷가슴을 풀어헤쳐 흰 나비로 사라진다
물고기 밥이거나 새들의 먹이였을 육신에는
날개가 달려 있다
그 옆
곡소리조차 내지 못하는 상여꾼의 긴 행렬

팔월 한낮이 분주하다

이런 날에 마음아!

쏟아지는 장맛비에
우산도 없이 걷다가 양말을 벗었어
발바닥에서 속울음이 부풀어 올라도 그냥 걸었어
발목까지 차면 흉터가 보이지 않을 것 같아서

질펀한 땅바닥에 뭉그러지는 얼룩
우는 법을 몰라서 무너져 버린 하늘
쓸려 가는 심장을 겨우 붙잡고 서서
비를 맞는
마음아, 내 마음아!

자작나무

누군가

햇살에 베인 바람처럼

허공 속으로 떠났다

수피樹皮에 새긴 눈물

화촉으로 밝힌 기다림

머뭇거리다 전설이 된다

산

산에 오르는 건
끝에 잠시 머물 곳이 있다기에
잔가지 바람 안아 쉬어가는 이 자리
천국을 닮아가고
오가는 발자국 돌에 채어
이끼 낀 세월의 뿌리되니
이따금 찾아오는 무릎 통증은
동행한 내 업業의 무게일 터
휘어진 허리춤 사이로
하늘을 내어 준 저 늙은 소나무
그 옹이에 숨어 사는 질긴 시간
화석 같은 나의 초상

오일장 신호등

신호등에 걸려
횡단보도를 건너가는
걸음은
초록불이다

끝차에 쌓아 올린
시간을 내려놓고
등받이 없는 의자에 앉은
한나절 뙤약볕이 자유롭다

세월로 멈춘 듯
새우처럼 굽은 등이
아직도 깜박거리는
빨간불을 밀고 있다

다시 닷새간 신호대기 중이다

수취인 불명

어제가 싫어 이름을 바꿨다
과거가 삭제되지 않은
가명은 그럴듯해 보인다

문패를 끼워 둔 깨어진 벽 틈 사이
수취인 불명 하나, 둘
주소 밖으로 외출을 시작한다

먼지 앉은 거미줄이
녹이 슨 우편함을 헐렁하게 동여매고

텅 빈 골목 끝
휑한 소리로 반송되는
고단한 하루가 오토바이를 따라간다

수행修行

흰 눈을 뒤집어 쓴 초록이 동안거에 들어갔다

앉은 자리 돌탑되어 물음표를 묻으니
고요가 흰 산에 가득하다

오롯이 혼자여서 좋은 날
풍경에 동여맨 바람 소리가 보인다

차가운 햇살이 있던 이 자리가 꽃터였을까
탑 위에 핀 흰 꽃이 부풀어 오른다

설해목

폭설로 온기를 덮었다
나무는 눈이 내리기 전부터 추웠을 것이다

가지마다 켜켜이
하얀 무덤 만드는 어둠

시름하는 찬바람에
눈물 비비는 소리만 날 뿐

칼바람 움켜잡은 너의 목소리
메마른 비명에 움찔,

눈꽃이 가벼워지는 순간
기울어지는 것은 운명일까?

여위어 가는 한겨울이 수척하다

폭설

새벽, 무겁게 눈이 내린다

사그락, 영그는 서리꽃을
맨손으로 쓸어 담는 한 사내가 길을 나선다

시린 하늘을 닮은 심장이 쿨럭거린다

흔적은 지워지고 숨소리마저 갇혀
눈과 귀가 보이지 않는 나는 지금 여기에 없다

아! 언제쯤이나
읊조리던 목청 다듬어 심장을 토해낼 수 있을까

살아 있는 송장 하나가 폭설 속으로 걸어 들어간다

십이월

거꾸로 넘겨진 시간을 채워
흩어진 숫자를 맞춰 본 마지막 날
싸락눈이 내립니다
아파트 계단 앞
미끄럼 주의 표지판이 보입니다
쫓아오는 이 없었는데 이제야 알았습니다
구두굽이 다 닳았다는 것도
푸른 바다를 보지 못한 것도
어제라고 적은 열두 장의 오늘
지나간 자리 접어
또, 다시 붉은 해는 뜹니다

소풍 가던 날
– 세월호 인양을 바라보며(1091일째)

천 일 동안 흘린 눈물
싸늘한 달빛바다로 흐르고
손을 잡아주지 않는 이유를 물었을 너에게,

다신 손 놓지 말아요
이젠 그 손 잡아 줄게요

싸늘한 목소리 너울로 출렁인다

멈춰 버린 시계 앞에 흩어진 꽃잎들
녹슨 꽃잎 가라앉아
바다를 덮고 잠든 상처 입은 영혼

두려운 어둠 끝에
악몽의 봄은 시작되고
우리의 4월은 여전히 아득하다

재잘거리며 소풍 떠났던

그날

염기 묻은 세월이 뭍으로 올라온다

암호가 잠겼다

엄지손가락 끝이 나를 찾고 있다
갖다 대는 방향 따라 얼굴은 달아오르고
손끝이 블랙홀이라 잠금장치가 풀리지 않는다
상처가 생겨도 변하지 않는다는 낭설에
지구상 오직 나만 가지고 있는 나를 증명하기 시
작했다
무아無我의 결이 하나씩 지워질 때마다
뼈마디 연골이 닳았을 일상
화장으로 덧칠한 표정 없는 사진을 알아보지 못한
걸까
지문 확인 단말기 앞에서
마침내 얇아진 지문에 갇힌 암호가 풀리고
낡은 지문이 또르르 말린다

비문碑文에 새긴 절규

그림에 없는 새 한 마리가 날아올랐다
피 같은 구름이 비명을 질러대는 해 질 녘
낡은 만년필이 강물에 떨어져
일그러진 블루뭉크를 그려낸다
강 건너며 읊조리던 기도는 조시弔詩되어
원고지에 비문으로 새기는 날
슬픈 오늘
길 없는 바람 따라 나서는 통곡

− 고 강동엽교수님 영정에 20년8월

상처의 나무에서 피워낸 생명력의 시

이영춘(시인)

1. 서설

이정화시인의 첫 시집 『그립다는 말보다』를 읽고 적잖이 놀랐다. 형식이나 내용에서 서정시의 진수를 보여주었기 때문이다. 모더니즘 시가 난무하는 시대에 이렇게 서정성을 유지하면서 자기만의 시 세계를 확고히 유지해 가는 것도 쉽지는 않다.

프리드리히 니체는 그의 저서 『비극의 탄생』에서

"서정시인들의 형상은 바로 그 자신이며, 자신의 다양한 객관화에 지나지 않는다."고 하였다. 참으로 논리적인 정의다. 이정화의 시는 "자신의 다양한 형상을 객관화 한" 작품들이 큰 공감대를 형성하고 있다. 그 공감대의 주 요소는 미우라 아야꼬가 언급한 대로 "상처의 나무에서 꽃"을 피우고 있기 때문이다. 그럼에도 이정화 시인을 볼 때면 문득, 오젠 이오네스코의 말이 떠오를 때가 많다. "우리는 울지 않기 위하여 웃는다."가 그것이다. 이정화 시인은 늘 해밝은 미소와 유머러스한 감각으로 시선을 끈다. 그런데 그의 작품 속에 드러나는 심상은 사뭇 "상처의 나무"에서 백합 같은 꽃송이를 탐스럽고 은은하게 미학적으로 피워내고 있다. 때로는 아프고, 때로는 슬프고, 때로는 가슴속 깊은 응어리를 삭히면서 참선하듯 기도하듯 시로서, 스스로를 지키며 다스리고 있다.

2. 상처의 나무에서 핀 꽃

　이정화시인의 시작법의 미학은 객관적 상관물을
통하여 감정을 이입시켜 화자의 내면의식의 정서를
승화시켜내는 데 그 특징이 있다. 결코 감정에 치우
치지 않고 서정성에 적당한 거리를 유지하면서 전경
화前景化하는 기법으로 자신을 객관화 하여 사유의
세계를 확립한다.

　이제 이정화의 시가 어떻게 인간적인 향수와 감동
을 심화하는가를 그의 작품세계로 들어가 감상해 보
겠다. 마치 '자화상' 같은 작품 군으로는 「폭설」, 「강
이 되는 이유」, 「애인」, 「눈물 샘」, 「문신」, 「초승달」,
「붉은 손톱」, 「밥그릇」, 「일용할 양식」, 「수행修行」,
「선인장」, 「일요일」, 「선인장에 꽃이 필까」, 「가면의
독백」, 「사랑은 끝났다」등의 작품은 가슴 뭉클하도
록 공감대를 형성한다.

　　등뼈에 기댄
　　앙상한 기억

듬성듬성 뼈 서너 개가 비어 있다

그 사이사이
여백에 갇힌 바람이
가벼워진 나를 안아준다

아픔이 있어야 살 수 있는
내 손을 잡고 있는 상처
살면 살수록 날숨만 선명해지고

살아도 살아도 익숙지 않은
뚫고 나온 감정들이 흉터로 가득해
이제 그만 숨겨 놓은 애인을 꺼내 놓고 싶다

나의 케렌시아!

－「애인」 전문

이 시에서 '애인'은 곧 '상처'의 다른 이름이다.
내 마음 안에 있는 '상처'는 "등뼈에 기댄/앙상한 기
억/듬성듬성 뼈 서너 개가 비어 있다." 또한 그 아픔

은 "여백에 갇힌 바람이/가벼워진 나를 안아주"기도
한다. 더욱 극적인 상승 이미지화는 "아픔이 있어야
살 수 있는/내 손을 잡고 있는 상처"이다. 역발상적,
패러독스적 표현으로 '아픔'의 '상처'를 극대화 하
고 있다.

끝 연에서는 한숨 돌려 하강곡선 이미지로 "살아
도 살아도 익숙지 않은/뚫고 나온 감정들이 흉터로
가득해/" 이젠 그만 더 이상 숨기려 하지 않고 "숨겨
놓은 애인," 즉 상처를 꺼내 놓고 싶다고 진술한다.
그리고 그 '상처'를 "나의 케렌시아", '나의 안식처'
라고 명명한다.

이렇게 인생의 아픔과 마음의 아픈 '상처들'을 담
담하게 의인화 할 수 있는 이정화시인의 시 작법의
미학은 가히 상상을 초월한다. 「눈물샘」이란 작품은
또 어떤가?

너무 애처로워
살짝만 만지려 했는데 하필
건드린 곳이 눈물샘이었나 보다

너는

오늘도 우는구나

너무 섧게 우는구나

고이다 고이다 차고 넘쳐

한 번씩 밖으로 터져 나오는 기억들

애지욕기생愛之欲其生

나를 살게 하는 이유입니다

- 「눈물샘」 전문

　'눈물'이라는 상징어를 '너' 와 '나' 라는 대칭구조
로 설정하여 "너는 오늘도 우는구나/너무 섧게 우는
구나/고이다 고이다 차고 넘쳐/한 번씩 밖으로 터져
나오는 기억들"이라고 묘사한다. 그 '터져 나오는
기억' 은 곧 화자의 '눈물' 이다. 그리고 역설적 화법
으로 그 상처의 '눈물', '너' 는 "나를 살게 하는 이
유" 란다. 작자는 눈물을 흘리는 이유를 밝히지는 않
았지만 시 속에서 예감할 수 있는 깊은 여운을 독자
들의 몫으로 남기고 있다. 이 해설을 쓰면서 필자도

가슴이 아렸다. 이렇게 침묵 같은 시 속에 담겨 있는
이정화 시인의 내면의식의 '아픔'은 끝이 없다.

「일상日常」이란 시편을 보자.

　　나의 침묵은 저항이다

　　그럼에도 불구하고,
　　모두 들리고 모두 보이고

　　생각은 두통으로 곪아
　　수많은 단어들로
　　옥죄고 일그러져

　　하루를 애쓰고 견뎌 내면
　　체증 같은 굳은 살이
　　늘 같은 걸음으로 다가온다

　　　　　　　　　　　　　　　－「일상日常」 전문

아픔의 상처도 때로는 저항을 하나 보다. "나의 침

묵은 저항이다"라는 표현은 마치 유치환의 "소리 없는 아우성"같은 패러독스적 기법으로 침묵 속의 아픔을 역설力說한다. 그러나 그 저항은 애처롭다 못해 연민의 정을 동반한다. "하루를 애쓰고 견뎌 내면/체증 같은 굳은 살이/늘 같은 걸음으로 다가온다"고 일상의 고단함과 그 고단함 속에 웅크리고 있는 '체증' 같은 삶의 '상처'다. 매일매일 살아도 그 '상처'는 늘 "같은 걸음으로 다가온다"는 심정적 고백이다.

실존적 철학성을 띤 작품이라고 여겨지는 「일요일」과 「가면의 독백」이란 작품을 더 살펴보겠다.

봄날, 독방에 갇혀 있던 그녀를
강가에서 보았다
강물에 흔들리는 얇은 햇살 밟고
마음을 꺼내
닦고 집어넣기를 반복하는 그녀
물에 비친 살점
휘감아서 혀를 자르고
상처 난 입이 산책 중이다

새순은 말문이 트였나
천천히 말하기 시작한다
그녀가 잃어버린 단어들
기다리지 않는 꽃도 봄이라 피는데
내 꽃은 보이지 않는다
그녀는 다시 독방으로 들어간다
일요일
어느 봄날의 일이었다

– 「일요일」 전문

　위에서 감상한 '눈물샘'이라는 작품과 같이 위의
시 두 편에서도 '그녀'와 '내(나)'가 대칭적 구조를
이룬다. 현존재적인 나와(Dasein), 본질적 존재인
나(Sein)를 설정하여 자신에게 말 걸기 작법을 구사
하고 있다. 결국 내면 속의 나를 끌어내는 시 작법의
하나다. 제목과 같이 '일요일'에 "독방에 갇혀 있던
그녀를/강가에서 보았다"고 구사構辭한다. "독방에
갇혀 있던"은 늘 화자가 혼자라는 것을 암시한다. 그
런 그가 어느 봄날, 강가로 나갔나 보다. 거기서 또

다른 '나(자아)'를 만났다는 메타포다. "물에 비친 살점"도 보이고 "휘감아서 혀를 자르고/상처 난 입이 산책 중이다"라고 형상화 한다. 아마도 말 많은 세상에서 말로 인한 '상처들'을 암시하는 비유로 인식된다. 어느 새 "새순은 말문이 트여/천천히 말하기 시작하"여 "봄이라 꽃을 피우는데/그녀가 잃어버린 단어들"은, "내 꽃은 보이지 않는다"고 심정적 자아, 현실적 자아를 저 깊숙한 수면 아래로 끌어내린다. 그리고 "그녀는 다시 독방으로 들어간다"고, 여운을 남긴다.

단독자의 뒷모습 같은 이미지가 아프게 다가온다. 이와 같은 형식의 작품으로 「가면의 독백」도 심도 있게 승화되어 있다.

날이 저물면 가면을 벗고
거울 앞에 앉아
혀에 박힌 가시 하나를 뽑는다

가시 끝 배어 있는 시큼한 하루에 눈을 맞추면

"오늘도 수고했어"
내 목소리를 흉내내며 그녀가 말한다

생채기는 아물지 않고
뽑아낸 혓바닥 그 자리에 또, 다시
돋는 가시

무심히 재생된 가면 집어 들고
어제처럼 집을 나서면

거울 속 그녀는
하루 종일
나를 기다리고 있을 터이다

　　　　　　　－「가면의 독백」 전문

　이렇게 이정화의 시는 현존재적 자아가 본질적 자아에게 말 걸기를 계속하고 있다. 내면 속 자아를 위무하고 고백하는 자기 형상화의 시다. 그는 「가면의 독백」에서 "날이 저물면 가면을 벗고/거울 앞에 앉아/혀에 박힌 가시 하나를 뽑는다//가시 끝에 배어 있는 시큼한 하루에 눈을 맞추면/"오늘도 수고했어 "/내 목소리를 흉내내며 그녀가 말한다//생채기는 아물지 않고/뽑아낸 혓바닥 그 자리에 또, 다시/돋는 가시"가 된다. 그러나 어쩔 수 없이 점철되는 삶은 다시 내일로 향할 수밖에 없다. "무심히 재생된 가면 집어 들고/어제처럼 집을 나서면//거울 속 그녀는/하루 종일/나를 기다리고 있을 터이다"라고 묘사한다. 참 외롭고 쓸쓸한 화자의 자화상 같은 전면이다.

「밥그릇」이란 작품은 또 어떤가!

출렁다리에서 번지점프를 했다
파쇄기에 찢긴 욱신거리는 하루

손가락 사이로 헹궈 낸
저녁 한끼, 내 살이 되었다

허리가 끊어진 줄도 모르고
허기진 속물이 밥그릇을 비우면

비늘 벗겨진 물고기 한 마리
고된 심장이 묵언 수행 중이다

어둠은
달맞이꽃 같은 별을 수북이 담아 밥상 위에 놓았다

-「밥그릇」전문

이 작품 역시 공감력이 강한 작품으로 이미 이승하 시인이 계간 시평으로 다루기도 했다.(계간문예.2018. 가을호) 현대인들의 고된 일상을 상상력을 동원하여 심도 있게, 그리고 뛰어난 비유로 형상화 하고 있다. "파쇄기에 찢긴 욱신거리는 하루" 같은 고된 삶의 노동을 마치고 돌아오면 "손가락 사이로 횡궈 낸/저녁 한끼, 내 살이 되었다"라고 진술한다. 그리고 끝 연에서는 시적 묘사가 절정에 이른다. "어둠은/달맞이꽃 같은 별을 수북이 담아 밥상 위에 놓았다"는 비유는 한 폭의 그림 같은 이미지로 큰 울림과 함께 공감대를 상승시킨다.

3. 시인의 또 다른 실존적 존재

그러면 대체 이정화 시인의 상처와 아픔은 어디로부터 발원한 것일까? 인간은 누구나 원초적인 아픔과 고독을 갖고 태어난다. 일상생활에도 인간은 누구나 비슷비슷하게 겪고 있는 삶의 편린들이 난제하다. 사람과 사람 사이의 관계, 사랑, 뜻하지 않게 찾아오는 행운과 불운, 선천적으로 타고난 슬픔과 비애의 DNA 등 여러 요소가 있을 것이다.

이정화 시인은 이런 인간적 삶의 굴레에서 일어나는 여러 현상과 형상들을 시적 미학으로 승화시켜내는 능력이 탁월하다. 감정에 치우치지 않고 객관적 거리를 유지하면서 암시적, 묵시적으로 승화시켜 시를 시로서의 가치를 승화시킨다. 시인들의 모든 창작품은 자신들의 자화상이다. 이정화 시인도 자신을 '선인장'이라고 비유할 때가 많다. '선인장'의 원형 상징은 메마른 사막에서 그 뜨거운 햇볕을 받으며 꿋꿋이 그 생명력을 키워내는 속성이다. 이정화의 자화상 같은 시, 「선인장」과 「선인장에 꽃이 필까?」
를 감상해 보자.

50년 전 어느 봄날, 작은 울음에

솔잎 엮어 탯줄을 묶으니

아버지는 비단 천 꺼내

항아리를 매만지고

정화수井華水 마를 때까지

빌고 또 빌던 어머니의 부은 손

명줄 이은 묽은 죽에

죽은 듯 살아난 계집아이

잡초처럼 눕고 일어나길 몇 번

태양 씨줄과 달빛 날줄로

선인장 가시 여물 때마다

똬리 튼 자리 맨발로 걸어 나왔다

모래바람 부는 봄

선인장에 꽃이 필까?

－「선인장에 꽃이 필까?」 전문

허허벌판

사막 바람에도

견딜 수 있는 것은

가시

가시마다

눈물로 채워진

뜨거운 뿌리 속

움켜 쥔 모래가 있기 때문이다

ㅡ「선인장」전문

운명론자들은 말한다. "세계의 모든 과정은 어떤
신비하고 절대적인 힘에 의해 미리 결정되어 있으며
따라서 모든 인간도 태어날 때 이미 변경될 수 없는
자신의 운명을 갖고 태어나기 때문에 이 운명에 순
종해야 한다는 철학적 견해"라고 정의한다. 또한 "운
명론은 신비주의와 밀접하게 연관되어 있으며 특히
종교에서 특징적으로 나타난다. 신의 섭리를 역사의
동력으로 보는 그리스도교와, '전생'의 업보로 '현

세'의 삶이 결정된다는 불교의 윤회사상 등에서 운명론적 요소를 발견할 수 있다."고 한다.

이정화의 '「선인장」'에 관한 두 편의 시는 다분히 운명론적인 존재적 자아를 형상화한 작품이다. "정화수井華水 마를 때까지/빌고 또 빌던 어머니의 부은 손/명줄 이은 묽은 죽에/죽은 듯 살아난 계집아이/잡초처럼 눕고 일어나길 몇 번"이었다고 술회한다. "선인장 가시 여물 때마다/똬리 튼 자리에서 맨발로 걸어나오"듯이 인생의 힘들었던 어떤 고비가 암시된다. 그 힘든 고비를 넘긴 "선인장에 꽃이 필까?"라고 의문문을 던진다. 화자는 자신의 운명 같은 어떤 역경을 이겨내어 한 송이 꽃을 피울 수 있을까?라고 그 물음표를 스스로에게 던지는 것이다. 그러나 열심히 삶을 살고 역경을 이겨내는 사람에겐 메마른 사막에서도 얼마든지 꽃을 피울 수 있다. 지금 현재 이정화 시인이 피우고 있는 '선인장의 꽃'은 참으로 은은하고도 향기롭다.

또 다른 「선인장」이란 작품에서도 '선인장'의 강인한 정체성을 빌어 허허벌판 "사막 바람에도/견딜

수 있는 것은//가시/가시마다/눈물로 채워진/움켜
쥔 모래가 있기 때문이"라고 자연물을 의인화하여
위무한다. 선인장의 강한 습성만큼이나 화자의 그
어떤 강한 인내력이 암시되는 행간이다.

4. 그립다는 말보다

인간의 가장 지고한 정서의 감정은 어디로부터 오
는 것일까? 보편적으로 우리는 '사랑'을 앞에 둔다.
그 사랑에는 부모형제와 자식의 사랑을 비롯하여,
이성간의 사랑, 친구간의 사랑, 등 수없이 많다. 흔히
동양철학에서는 그 사랑을 '정성'이라고 대칭하기
도 한다. 이정화의 이런 정서의 울림은 어떻게 나타
나고 있는지 따라가 보자.

우선 이 시집의 제목이 된 「그립다는 말보다」란 작
품부터 살펴보겠다.

　기다림으로
　그리움이 흩어지지 않는다

고스란히 쌓인 속마음이 아려서

각진 달이 먼 바다에 빠졌다

멀어진 그늘이 하도 무거워

서로를 부르지 못하는 깊은 밤

그 사이 사이 일렁이는 시간들

지나가는 것들은 아니었나 보다

여백의 거리를 재느라

만나러 가는 길이 사라진 줄도 모르고

행간을 좁히며 틈새에 끼워 둔 말

'그립다'를 써놓고 가만히 본다

그립다는 말보다 더 그리운,

— 「그립다는 말보다」 전문

자칫 시에서 '사랑'이나 '그리움'이란 단어를 제
대로 승화하지 못하면 유치한 작품이 될 수도 있다.
그러나 이정화의 시는 감정을 배제한 채 마치 '그리

움'의 이치라도 정의하듯 담담하게 '그리움'의 심상을 상징화하고 있다. "멀어진 그늘이 하도 무거워/서로를 부르지 못하는 깊은 밤"이란다. "행간을 좁히며 틈새에 끼워 둔 말"은 역설적으로 하고 싶은 말을 다 하지 못하는 이미지화의 극치다. 이런 시작법의 미학은 그의 작품 곳곳에서 시의 진가를 발휘하고 있다.

> 꽃 진 자리 슬쩍 끌어당겨
> 울타리 밖 기웃거리는 그대를 만나고 싶다
> 푸른 가시에 찔린 백일몽白日夢
>
> ―「한철 장미」끝부분

능청스러울 정도로 감정을 배제하고 침묵 같은 방점으로 여운을 두어 독자를 유인하는 흡인력을 지닌 시다.

> 흔들리는 그 자리에서

흐르는 대로 소리를 토해낸다

물은 울어야 강이 되나 보다

긴 고백을 훔쳐보는 것 같아서

곁눈질로 모른 척

반대 방향으로 걸었다

날 선 그리움을 탓하려니

강이 점점 길어진다

그 길어진 강 끝 어디쯤인가

숨 가쁜 슬픔이 등을 보였다

　　　　　　　　－「강이 되는 이유」전문

강을 마치 어떤 그리움의 대상으로 환유하여 화자

의 내면적 심상을 그려내고 있다. "물은 곧 울어야 강이 되나 보다"라고 의인화 하여 그 우는 소리를 "긴 고백을 훔쳐보는 것 같아서"라고 자신의 내면의 울음소리를 객관적 상관물인 '강'으로 승화시키고 있다. 그러나 "강 끝 어디쯤인가"에서는 "숨 가쁜 슬픔이 등을 보였다"라고 그리움을 "슬픔의 등"으로 상징화하고 있다. 「초승달」이란 시는 또 어떤가?

　　　잘 말린 햇볕

　　　구름에 걸려 넘어져

　　　멈춰 버린 바람도

　　　새까맣게 물들고

　　　손톱으로 움푹 패인

　　　시린 속살

　　　나뭇가지를 비집고

　　　숨어 안기는 얼굴

　　　　　　　　　　　　－「초승달」 전문

이라고 이미지화 한다. 결국 '초승달'은 화자의 마음속에 "숨어 안기는 그리움의 얼굴"이다. 이렇게 이정화 시인은 '그리움'이나 '사랑'의 대상을 적절한 상징어를 동원하여 시적 승화를 이뤄내는 솜씨가 뛰어나다.

이제 천륜이라고 하는 가족을 대상으로 하여 '사랑'을 노래한 작품을 감상해 보자.

요양원 창밖을 응시하던
엄마 눈동자에서
낡은 기억이 절뚝거리며 걸어 나온다

" … "
"뉘신지?"
" … "

말풍선에 숨어 다가가던 말들이 쪼그라든다
새털처럼 가벼워진 시간

그 시간에 멈춘

기억하고 싶지 않은 엄마의 봄은

잠시 묵비권 행사 중이다

　　　　　　　　－「묵비권」 전문

　현대인들이 나이 들어가면서 가장 염려하는 병 중의
하나가 '치매'라고 한다. 이정화 시인도 시적 대상인
어머니의 병든 시간을 안타까워한다. "새털처럼 가벼
워진 시간/그 시간에 멈춘/기억하고 싶지 않은 엄마의
봄"이 그것이다. 절절히 안타까운 심정을 담담하게
'묵비권'이란 시제로 하여 엄마의 묵비권과 작자의 묵
비권을 중의적 표현으로 그 심정을 역설하고 있다.
　이정화의 혈육에 관한 시는 여러 편이다. 「가족사
진」이란 시에서는 "벽에 걸려 있는 정지된 시간" 속
에서 암시적으로 상징화 한 것이 "탈출한 발목 하나"
란 표현이다. 상상력으로 유추한다면 아마 떠나간
혹은 이별한 가족 중의 한 사람의 '발목'일 것이다.
　또한 「오아烏鴉」라는 작품에서는 어머니의 고달팠

던 생을 통하여 가슴 절절한 아픔을 이미지즘적 알
레고리로 승화시켜 낸 수작秀作으로 읽힌다.

　　대관령 고개 넘어 시집올 때
　　따라온 눈물이
　　댓잎에 떨어져 검게 물들고
　　골무 끼듯 질끈 동여 맨
　　열 손가락 끝
　　갈라진 허기가 숨겨지기나 할까

　　노점에서 먹던 찬밥 한 덩이
　　골 깊은 주름살로 내 살 채우고
　　눈물로 채운 뱃구레에 당신 살 내리니
　　움켜쥔 뿌리는 산이 되었습니다

　　이제 가슴 한 켠
　　박힌 대못도 녹슬어
　　꿈만 쪼아대는 까마귀
　　온 산을 흔들고 있습니다

　　　　　　　　　－「오아烏鴉」 전문

'오아烏鴉'는 까마귓과에 속하는 새를 일컫는 말이다. 여기서 작자는 시적 대상인 어머니를 통하여 그 어머니의 땀과 눈물을 받아먹고 자란 자식으로서의 자의식적인 발상으로 자신을 '까마귀'에 비유하여 형상화 하고 있다. "노점에서 찬밥 한 덩이"를 먹으면서 "열 손가락이 다 터져 골무를 낀 손, 열 손가락 끝/허기같이 갈라진 손"이 바로 그 어머니 손이다. 자식들에겐 "골 깊은 주름살로 내 살을 채워주고/눈물로 채운 뱃구레에 살 내려 주신" 희생의 어머니다. 그 어머니의 주름살과 눈물은 곧 나(자식)에게 "뿌리가 되고 산이 되었다"는 메타포로 하여 시적 승화의 극점을 이룬다. 그러나 그 뿌리와 산도 "이제 가슴 한 켠에 박힌 대못도 녹슬어/꿈만 쪼아대는 까마귀가/온 산을 흔들고 있다"고 어머니에 대한 그리움과 애통함을 극대화함으로써 깊은 공감대를 형성한다.

5. 사회적 인식의 풍자諷刺

흔히 시인을 일러 신의 말을 받아 적는 사람이라고 한다. 그만큼 예민한 감각으로 나를 둘러싸고 있는 생활 환경 속에서, 혹은 자연 속에서, 인간관계 속에서 시인의 촉수는 예민하게 작용한다는 뜻이다. 이정화 시인도 현존하는 생활 속에서 예외 없이 제재나 소재를 택하여 쓴 시가 많다. 우선 세상을 은근히 풍자Satire한 시가 이채롭다. 「동물의 왕국」, 「암호가 잠겼다」, 「현수막」, 「불자佛者가 교회 가다」 등은 매우 흥미로운 작품이다.

사자에겐 천적이 없다
누런 이빨과 이빨 사이
끼어 있는 고기조각이 피바람을 부른다

하이에나들은 못 먹는 먹이가 없다
덤불 속 배고픈 한 마리 어린 짐승
사자 새끼는 단지 한 마리 먹이일 뿐

거친 숨에 왕관이 흔들리는 찰나,

새끼는 흔적도 없고

새끼의 먹이는 태양을 가린 바람

－「동물의 왕국」 중에서

「동물의 왕국」은 동물들을 주인공으로 설정하여 우화의 방식을 빌어 공산주의 및 독재 정치의 모순을 비판한 조지 오웰의 '동물농장'을 연상케 한다. "누런 이빨과 이빨 사이/끼어 있는 고기조각이 피바람을 부른다"라는 묘사는 매우 적나라하다. 더욱 상승 곡선에 이르러서는 "거친 숨에 왕관이 흔들리는 찰나"(「동물의 왕국」3연)라고 치열한 싸움의 상승 곡선을 암시한다. 오늘날 우리의 현실에서 이권 다툼이나 권력투쟁으로 이전투구 하는 한 단면을 보는 듯하여 깊은 여운을 남긴다.

늙은 학자 서고에 쌓인 묵은 책처럼

버릴 이유 없지만

있어야 할 이유도 없는 무게

눈 오는 크리스마스 새벽이다

손바닥에 박힌 사계절은
단지, 소유한 것이 아니었다
교회에 가야겠다
부처와 함께
기도를 모은 합장에 무無가 꽉 찬 이유이다

　　　　－「불자佛者가 교회 가다」전문

　매우 기발하고 의미 있는 역발상의 시다. 작자가
그려내고자 하는 이 시의 중심사상은 아마도 이분법
적으로 양분되는 오늘의 현실을 인식한 것으로 간주
된다. "기도를 모은 합장에 무無가 꽉 찬 이유"라는
묘사에서는 화합과 조화를 꿈꾸는 소망의 심상이 잘
묘사되어 있다. 그리고 불교에서 최후의 경지를 암
시한 인간의 세속적 욕심을 버리고 '무無'로 돌아가
라는 교훈적 사유가 절창을 이룬다.
　이 밖에도 현대인들의 삶과 시대상을 그린 작품으
로「달방」,「현수막」,「보이는 것이 전부가 아니다」

등의 작품이 일가를 이룬다, "존재자에 길들여진 낙타만 아는 길이 사막에 있다"라든가 "상자 안에 소행성 하나가 여전히 돌고 있다"(「보이는 것이 전부가 아니다」부분)라는 시의 시적 승화와 그 이면에 숨어 있는 암시적 함의는 일품이다.

6.마무리, 그리고 희망

이정화 시인의 시는 한 마디로 인생의 '애환'을 다룬 작품이 대부분이다. 그의 이런 작품들은 하나같이 동병상련으로 전율을 일게 한다. 삶의 아픔과 상처와 애달픔과 고독과 그리움을 멜랑콜리한 감정에 치우치지 않고 객관적 상관물을 통하여 감정이입 시켜 승화시켜 내는 능력이 이정화 시의 우월성이다. 또한 그의 내면적 사상과 사고는 자연에 순응하듯 매사를 긍정적으로 관조하고 대입하여 시적 승화를 이뤄내는 점이다. 서두에서도 언급했듯이 인생의 아픈 애환 속에서도 웃음을 잃지 않는 것이 이정화의 성품이자 시적 가교의 상징이다.

앞으로도 계속 오젠 이오네스코의 말처럼 "울지 않기 위하여 웃는" 이정화 시인이 되길 바란다. 끝으로 그의 「퇴고推敲」라는 작품을 통하여 이정화의 사상과 사유, 그리고 시작법의 비의를 음미해 보면서 이 글을 마무리 짖는다.

밟으면 꿈틀한다는 지렁이가 보이지 않는다

몸뚱이에 바늘 꿰어
몸부림치는 자맥질
힘 빼서 들어 올린 손맛에
씨알 좋은 월척이 걸렸다

버둥대며 읊조리는
입속에 걸린 말들을
내뱉지도 못한 채
정지된 구름은 흙냄새가 비릿하다

밟히지 않은 지렁이는 뭍으로 기어간다

―「퇴고推敲」 전문

143■

한결시집 013

그립다는 말보다

초판 1쇄 인쇄 2022년 09월 10일

초판 1쇄 발행 2022년 10월 31일

지은이_이정화

펴낸이_박성호

편집디자인_도서출판 한결

표지디자인_박성호

펴낸곳_도서출판 한결

등록번호_제198호

등록일자_2006년 9월 15일

강원도 춘천시 공지로 121-1(석사동 310-5 삼원빌딩)

대표전화_033_241_1740 팩스_033_241_1741

전자우편_eunsongp@hanmail.net

ISBN_ 978-89-92044-52 3 03810

본 책은 춘천문화재단 후원으로 발간됨.